Featherless

Desplumado

Story / Cuento
Juan Felipe Herrera

Illustrations / Ilustraciones
Ernesto Cuevas, Jr.

Children's Book Press / Editorial Libros para Niños
San Francisco, California

"**A little pet,** Tomasito. For you!
Listen!" Papi sings as he shuts our trailer door.
He stands next to me
and peers into the cage he is carrying.

"Do you see him? The little bird
with a bell hanging from his neck?"
he says, pressing his bushy eyebrows
against the crooked wire door.

—¡Una sorpresa, Tomasito! ¡Mira, es para ti!
¡Oye! —Papi canta mientras cierra la puerta
de nuestra casita-tráiler.
Se para cerca de mí y mira
dentro de una jaula que trae.

—¿Lo ves? ¿El pájaro chiquito,
con una campana en el pescuecito?
—dice, acercando sus cejas tupidas
a la torcida puerta de alambre.

3

"You mean the one with that grey pebble for a foot
and tiny curled up leg? Is that . . . him?"
I ask.

"He was born a little different, like you were,"
Papi whispers and pours some water for the little bird.

"Not like me—he doesn't have spina bifida!
And he's featherless!" I say.

"Well, except for the fuzzy ring around his neck,"
Papi says, filling an old thimble with golden seeds.
"You can call him *Desplumado*."

"But Papi," I say, "If he doesn't have feathers,
he can't fly!"

—¿Ese que tiene la garrita como si fuera
una piedrita gris y la patita enroscada?
¿Ése? —le pregunto.

—Nació un poco diferente, así como tú —dice Papi
en voz baja, y vacía un poco de agua en la charola del pájaro.

—¡Como yo, no! ¡Él no tiene espina bífida!
¡Y no tiene plumas! —le contesto.

—Bueno, a no ser por este poquito de pelusa
en el pescuecito —dice Papi,
mientras llena de semillas doradas un viejo dedal—.
¿Por qué no lo llamas Desplumado?

—Pero Papi, ¡si no tiene plumas, no puede volar!

"Smile, Tomasito!
Why so sad?" Marlena asks
while we draw in class.
She draws soccer balls with wings.
I paint a volcano blowing up.

I lay my head on my desk.
"Smiling is tough," I whisper.
"As tough as making new friends.
We just moved here.
Back in Mendota, I knew everyone.
Now, everybody asks me all over again
why I'm in a wheelchair."

"Why, Tomasito? Why, why, why?"
she asks, to make me laugh a little.

"See, I told you!" I say,
"When I was born, my spinal cord
wasn't completely formed."

Marlena gives me her drawing.
"Friends?" she asks.

Sonríe, Tomasito!
¿Por qué estás tan triste?
—me pregunta Marlena
mientras dibujamos en clase.
Ella dibuja pelotas de fútbol aladas.
Yo pinto un volcán que explota.

Descanso la cabeza sobre la mesa.
—Es difícil sonreír —digo en voz baja—.
Tan difícil como hacer nuevos amigos.
No hace mucho que nos mudamos aquí.
Allá en Mendota, yo conocía a todo el mundo.
Ahora, todos me vuelven a preguntar
por qué ando en una silla de ruedas.

—¿Por qué, Tomasito?
¿Por qué, por qué, por qué?
—me pregunta ella
para hacerme reír un poquito.

—¿Ves? ¡Te lo dije! —insisto—.
Es que, cuando nací, la espina dorsal todavía
no se me había acabado de formar.

Marlena me da su dibujo.
—¿Quedamos amigos? —me pregunta.

Tonight Papi comes home from work at the Pinedale Motel.
He tiptoes to my bed and kisses me good night.

I look up at a tiny star outside my window.
I wish I could fly into the star's circle of light.
I wish I could swing on one of its electric wings.

Cooo. Cooo, coooooo.
The featherless bird cries long cooing sounds
from the far corner of my room.
Cooo, cooo . . .

I plug my ears and don't listen.

Esta noche Papi llega tarde de su trabajo en el Motel Pinedale.
De puntillas viene a mi cama, me da un besito
y las buenas noches.

Por la ventana, miro una estrellita.
Quisiera poder volar hacia su círculo de luz.
Quisiera poder columpiarme de una de sus alas eléctricas.

Cuuu, cuuu, cuuu.
El pajarito desplumado gime, haciendo sonidos largos y tristes
desde la esquina de mi cuarto.
Cuuu, cuuu…

Me tapo los oídos y no lo escucho.

Under the morning sun,
Papi waits with me for my school bus.

"You've been grumpy all morning," he says,
"You didn't want to eat, didn't want
to go to school. What is it, Tomasito?"

"At school nobody ever invites me to play!
At recess, I sit alone and count soccer balls
slamming into the net!"

"Things take time, Tomasito. *Paciencia*," Papi says.
The chairlift screeches and jerks me
into the bus. Patience?

Bajo el sol de la mañana,
Papi y yo esperamos el camión de la escuela.
—Has estado de mal humor toda la mañana —me dice—.
No has querido comer, no has querido ir a la escuela.
¿Qué te pasa, Tomasito?

—¡En la escuela nadie me invita a jugar!
A la hora del recreo me siento solo y cuento
las pelotas que chocan contra la red.

—Las cosas toman tiempo, Tomasito.
Hay que tener paciencia —me dice Papi.

La plataforma elevadora del camión hace un chirrido
y mi silla sube a trompicones. ¿Paciencia?

On the soccer field,
Coach Gordolobo blows the whistle.
"We are the Fresno Flyers!" shouts Marlena
as she throws her arm around the goalie.

"Not me, I'm from Mendota, remember?"
I yell from the sidelines.
I look down at my wheelchair. Flyers?

After the game, I push-push and huff over to Marlena.
"You want to play?" she asks.
"But I can't kick the ball," I say.
"Be a Flyer!" she says. "Use your wings!"

Wings? Does she mean my wheelchair?

En el campo de fútbol,
el señor Gordolobo, el entrenador, sopla el pitillo.
—¡Somos los Voladores de Fresno! —grita Marlena
y le da un abrazo al arquero.

—¡Yo no! Yo soy de Mendota, ¿recuerdan? —grito
desde la orilla del campo.
Miro la silla de ruedas debajo de mí. ¿Voladores?

Después del juego,
a empujones, llego adonde está Marlena.
—¿Quieres jugar? —me pregunta.
—Pero si no puedo patear la pelota —le contesto.
—¡Hazte Volador! —dice Marlena—. ¡Usa tus alas!

¿Alas? ¿Se estará refiriendo a mi silla de ruedas?

At night, in our trailer,
I pull a feather from my pillow and place it
at the pebble foot of the featherless bird.

"This is so your toes will warm up,
and maybe your own feathers will grow,"
I say as I stroke Desplumado's scrunchy leg.

Windy clouds swirl around the moon
like a soccer net of mist.

Por la noche, en nuestra casita-tráiler,
saco una plumita suave de mi almohada y la pongo
frente al pie lisiado del pájaro desplumado.

—Esto es para que se te calienten las garritas,
y quizás hasta te crezcan las plumas —digo
mientras le acaricio la patita torcida a Desplumado.

Las nubes se arremolinan en torno a la luna
como si fueran una red de fútbol hecha de niebla.

15

"Fresno Flyers! Practice! Let's go!"
Marlena yells from the soccer field.

Kids race across the grass, swooping
like kites above an emerald sea.

No one notices
how fast I spin my wheels.
Will I ever catch up?
Will they ever see me?

—¡Voladores de Fresno! ¡Es hora de entrenar!
¡Vamos! —grita Marlena desde el campo de fútbol.
Los niños corren sobre el pasto,
calando como papalotes sobre un mar color de esmeralda.

Nadie se da cuenta
de lo rápido que hago girar mis ruedas.
¿Los alcanzaré?
¿Se fijarán en mí?

After practice,
Coach Gordolobo says,
"Junior Resortes, our fastest runner,
has the flu. What should we do?"

"What about Tomasito?" Marlena winks at me.
"Tomasito who?" Coach asks.
"Me!" I say. "From Mendota!"

"You?" Coach wrinkles his forehead.
"You?" everyone echoes.

I spin the ball fast on my head.
Coach thinks hard and fast for a minute.
Then, "You're in, Tomasito."
He pats me on the back.

Después del entreno,
el señor Gordolobo, el entrenador, anuncia:
—Junior Resortes, el jugador más rápido que tenemos,
tiene gripa. ¿Qué vamos a hacer?

—¿Por qué no le pedimos a Tomasito que juegue?
—Marlena me guiña un ojo.
—¿Cuál Tomasito? —pregunta el señor Gordolobo.
—¡Ése soy yo! —anuncio—. ¡De Mendota!

—¿Tú? —El señor arruga la frente.
—¿Tú? —Todos le hacen eco.

Giro la pelota rápidamente sobre mi cabeza.
El señor Gordolobo lo piensa un momento.
Luego me dice: —Éntrale, Tomasito.
—Me da una palmadita en la espalda.

In the game. The ball is up.
   My head stretches out-out,
    like Desplumado's prickly head.
     Zaz! I didn't know my head could do that!
     But I miss the goal.

   "Good *cabeza* shot, Tomasito!" Marlena shouts.

     I didn't know I could play soccer!
     My hands are red and sore from zigzagging
     my wheely across the hot field.
     Zwoop! Marlena slams the ball to me—
     Zaz! I almost make a wobbly *cabeza*-goal.
"*Ajúa!*" I shout out loud.

Estamos jugando. La pelota vuela en el aire.
   Estiro la cabeza mucho-mucho hacia arriba,
   del mismo modo que Desplumado estira su cabecita pelona.
   ¡Zaz! Yo no sabía que podía hacer eso con la cabeza.
   Pero no atino a meter un gol.

—¡Buen cabezazo, Tomasito! —me grita Marlena.

    ¡Yo no sabía que podía jugar fútbol!
        Tengo las manos rojas y adoloridas de tanto zigzaguear
            mi silla a través del campo.

              ¡Suup! Marlena cabecea la pelota hacia mí.
                 ¡Zaz! Por poco meto un gol de cabeza un poco tambaleante.
                    —¡Ajúa! —grito bien duro.

21

The very next morning,
dawn fills my room
with a powdery light.
Stars in the sky
weave a shimmering *zarape*
over our trailer.

I want to pull that starry blanket
over me and Desplumado.

I take a deep breath.
I tuck all the stars in my cheeks,
and blow them over Desplumado.
His wings burst open and his leg uncurls.
My legs float up and down.
Desplumado's feathers sprout.

We are flying!
Fly, fly!

El amanecer, al otro día,
llena mi cuarto con su polvito de luz.
Las estrellas tejen en el cielo
un zarape luminoso
sobre nuestra casita-tráiler.

Quiero cubrirme y cubrir a Desplumado
con esa manta de estrellas.

Respiro hondo.
Me meto todas las estrellitas en los cachetes
y las soplo sobre Desplumado.
El pajarito abre las alas de repente, y la patita se le endereza.
Las piernas me flotan hacia arriba y hacia abajo.
A Desplumado le nacen plumas.

¡Estamos volando!
¡Volando! ¡Volando!

23

I wake up, breathing in the dawn light.
Maybe I can lift myself up high from my bed.
Maybe I can slap one foot ahead of the other.

My arms tighten, my stomach is a knot.
My hands press down, heavy and hard.
My elbows snap.
Up-up, almost standing!

My breath gets deeper, so deep—
until everything is wavy
and flashy with light.

Up-up . . . Then,
crackity-crack goes my back—
Boom-boom crash!

Me despierto e inhalo la luz matutina.
Quizás me pueda levantar de la cama.
Quizás pueda poner un pie delante del otro.

Los músculos de los brazos se me endurecen,
el estómago se me hace un nudo.
Empujo las manos hacia abajo fuertemente.
Enderezo los codos.
¡Me enderezo más y más, hasta que casi estoy de pie!

La respiración se me ahonda más y más
hasta que todo a mi alrededor ondula
y relampaguea.

Me sigo enderezando... entonces
siento que la espalda me hace ¡crac! ¡crac!
¡Cataplán! ¡Cataplún! ¡Pum!

"Tomasito! What happened?" Papi says,
tying his robe. He helps me to my bed.

"I want Desplumado to fly, to feel
the edges of the sky!" I say.
"You mean, *you* want to fly, *hijo*," Papi says.

"I know, Papi. When I play with my friends,
something in me wants to go faster.
So I can be like them."

"Tomasito, you are already like them.
You are a Fresno Flyer!"

Criii! Criii!
Desplumado nods his little naked head
and shakes his smooth wings.

—¡Tomasito! ¿Qué pasó?
—dice Papi, amarrándose la bata.
Me ayuda a volver a la cama.

—¡Quiero que Desplumado vuele, que sienta
las orillas del cielo!
—Lo que quieres decir es que *tú* quieres volar, m'ijo
—me dice Papi.

—Ya lo sé, Papi. Cuando juego con mis amigos,
algo dentro de mí me impulsa a ir más ligero
para parecerme a ellos.

—Tomasito, ya te pareces a ellos.
¡Eres uno de los Voladores de Fresno!

¡Crii! ¡Criii!
Desplumado asiente con su cabecita pelona
y alborota las alitas desnudas.

"Tomasito, ready?" Marlena asks.
We play the Fresh Phantoms today,
fifth graders who spit sunflower seeds
on the ground.

"Ready," I say, winking at Papi in the crowd.
"Fresno Flyers, let's go!" I call out.

I flip the ball to Marlena
and zoom down the field,
my wheely almost tipping over.
Zwoop-zaz!
I make a diving *cabeza*-shot goal!

"Toma·sito! Toma·sito!"
The crowd cheers,
"Goooooooooal!"

The team crowds around me,
slapping high fives.
"Come on," I tell Marlena,
"we're just getting started."

—¿Listo, Tomasito? —me pregunta Marlena.
Hoy jugamos contra los Fantasmas Fabulosos
del quinto grado, los que escupen
semillas de girasol en el piso.

—¡Listo! —le contesto y le guiño un ojo
a Papi, que está entre el público—.
¡Voladores de Fresno, vamos!

Le tiro la pelota a Marlena
y vuelo a través del campo.
Por poco se me voltea la silla.
¡Suup-zaz!
¡Meto un gol con un pelotazo de cabeza!

—¡To-ma-sito! ¡To-ma-sito!
—la gente grita y aplaude—.
¡Goooooooooooooool!

El equipo se apiña alrededor de mí,
dándome palmadas.
—Ándale —le digo a Marlena—
apenas nos estamos calentando.

29

I race Papi home. Pop-pop-zaz!
I bump the door open with my wheely
and push over to Desplumado's cage.

"Desplumado! I made a goooooal!
The Fresno Flyers won!"
I open Desplumado's little wire gate
and he jumps onto my hand.
Ring! Ring! Ring! Ring!
He shakes his bell out loud.

"You can be a flyer too, Desplumado.
There's more than one way to fly!"
He rings his bell and I laugh,
my heart beating fast—so fast,
it feels like it's soaring.

Volando a casa. ¡Plac-plac-zaz!
Empujo la puerta de la casita-tráiler con mi silla
para abrirla. Me acerco a la jaula.

—¡Desplumado! ¡Metí un gooooooool!
¡Los Voladores de Fresno ganaron el juego!
Abro la puertita de alambre de la jaula y
Desplumado me salta sobre la mano.
¡Tilín! ¡Tilín! ¡Tilín! ¡Tilín!
Agita su campanita con mucho ánimo.

—Tú también puedes ser un volador, Desplumado.
¡Hay muchas maneras de volar!
—Desplumado hace sonar su campanita y me río,
con el corazón latiéndome muy fuerte,
tan fuerte que me parece que está volando.

Everyone asks Tomasito

why he's in a wheelchair. He has spina bifida—a condition some
people are born with, which affects their spinal cord and backbone, and can
make walking difficult or impossible. Some kids with spina bifida can walk using leg
braces, but many can't get around without a wheelchair—which is something that other
kids don't always know. We hope this story shows that being differently-abled doesn't necessarily
mean being unable to do what you want to do. Sometimes it just means figuring out how to
do it your own way, like Tomasito does.

Getting enough folic acid every day—in different foods or in multivitamins—can help
prevent spina bifida. Latina women have the highest risk of spina bifida pregnancies,
so this information is especially important for them. To learn more,
check out the the Spina Bifida Association of America:

http://www.sbaa.org

Juan Felipe Herrera is a nationally acclaimed Mexican American poet and children's
book author. His first book, *Calling the Doves*, won the prestigious Ezra Jack Keats Award.
Another book, *The Upside-Down Boy*, was adapted into a musical and premiered in New
York in 2004. In the eighth grade, Juan Felipe was the soccer team captain at Roosevelt
Junior High in San Diego. Now, he teaches at California State University, Fresno.

*For my neighbor, Patrick Eric Benson; for all the children at the Valley Children's Hospital Spina
Bifida Clinic in Fresno and the UCSF Spina Bifida Clinic in San Francisco; and for Jack Fletcher,
who had the original* desplumado *baby parrot that inspired this story, with lots of love.* —JFH

Photo by Randy Vaughn-Dotta

Ernesto Cuevas, Jr. was born in Texas. He grew to love the arts through
his experiences in the fields with his parents, who were migrant farmworkers.
His vivid paintings represent a deep understanding and love for his Chicano
culture and history. After earning a fine arts degree at Dartmouth College,
Ernesto founded RedCielo, a graphic design firm based in Atlanta, Georgia.

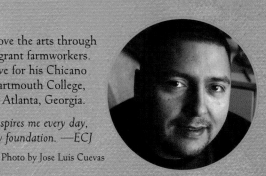

*I dedicate this book to my son, Roberto Luis, who inspires me every day,
and to my mother, father, and brother, who are my foundation.* —ECJ

Photo by Jose Luis Cuevas

Library of Congress Cataloging-in-Publication Data

Herrera, Juan Felipe.
Featherless / story by Juan Felipe Herrera; illustrations by Ernesto Cuevas, Jr. =
Desplumado / cuento de Juan Felipe Herrera; ilustraciones de Ernesto Cuevas, Jr.
  p. cm.
  Summary: Although Tomasito's spina bifida keeps him in a wheelchair, where
he often feels as confined as his flightless and featherless pet bird, he discovers
that he can feel free when he is on the soccer field.
  ISBN 0-89239-195-2 (hardcover)
  1. Mexican Americans—Juvenile fiction. [1. Mexican Americans—Fiction.
2. Spina bifida—Fiction. 3. People with disabilities—Fiction. 4. Soccer—Fiction.
5. Birds as pets—Fiction. 6. California—Fiction. 7. Spanish language materials—
Bilingual.] I. Title: Desplumado. II. Cuevas, Ernesto, ill. III. Title.
      PZ73.H45 2004
      [E]—dc22   2004041304

Editors: Dana Goldberg, Ina Cumpiano
Design & Art Direction: Dana Goldberg
Special thanks to Katherine Tillotson, Lorena Piñon, Max Ehrsam,
Rosalyn Sheff, Laura Chastain, Cindy Lazzaretti at the UCSF Spina Bifida
Clinic, the National Dissemination Center for Children with Disabilities,
Carolyn Radicia, Barbara Smith, and the staff of Children's Book Press.

Printed in Hong Kong through Marwin Productions
10 9 8 7 6 5 4 3 2 1

Distributed to the book trade by Publishers Group West. Quantity
discounts available through the publisher for educational & nonprofit use.

Children's Book Press is a nonprofit publisher of multicultural and
bilingual literature for children. Write us for a complimentary catalog:
2211 Mission Street, San Francisco, CA 94110; (415) 821-3080.
Visit us at: www.childrensbookpress.org